W9-DEI-583

149821

READING POWER
En Español

Óscar de la Hoya
Boxeador de medalla de oro

Rob Kirkpatrick

Traducción al español
Mauricio Velázquez de León

The Rosen Publishing Group's
Editorial Buenas Letras™
New York

1

GRAND ISLAND PUBLIC LIBRARY

Para ti, el lector.

Published in 2002 by The Rosen Publishing Group, Inc.
29 East 21st Street, New York, NY 10010

Copyright © 2002 by The Rosen Publishing Group, Inc.

All rights reserved. No part of this book may be reproduced in any form without permission in writing from the publisher, except by a reviewer.

First Edition in Spanish 2002
First Edition in English 2001

Book design: Maria Melendez

Photo Credits: pp. 5, 11 © Simon Bruty/Allsport; p. 7 © Ken Levine/Allsport; p. 9 © Holly Stein/Allsport; pp. 13, 15 © Al Bello/Allsport; pp. 17, 22 © Stephen Dunn/Allsport; p. 19 © David Cannon/Allsport; p.21 © Mike Powell/Allsport.

Text Consultant: Linda J. Kirkpatrick, Reading Specialist/Reading Recovery Teacher

Kirkpatrick, Rob.
     Óscar de la Hoya : boxeador de medalla de oro / by Rob Kirkpatrick : traducción al español Mauricio Velázquez de León.
          p. cm. — (Reading Power)
     Includes index.
     Summary: Introduces the Mexican American boxer whose skills won him a gold medal in the Olympics.
     ISBN 0-8239-6131-1
     1. De la Hoya, Óscar, 1973—— Juvenile literature. 2. Boxers (Sports)—United States—Biography—Juvenile literature. [1. De la Hoya, Óscar, 1973– 2. Boxers (Sports) 3. Mexican Americans—Biography. 4. Spanish language materials.]
I. Title. II. Series.
GV1132.D37 K57 1999
796.83'092—dc21
[B]

Manufactured in the United States of America

Contenido

1 Conoce a Óscar de la Hoya   4

2 Puñetazos   8

3 En el ring   10

4 Una medalla de oro   20

5 Libros y páginas en Internet   23

6 Glosario   24

7 Índice/Número de palabras   24

8 Nota   24

Óscar de la Hoya es
boxeador.

5

Óscar creció en
México y ahora vive
en los Estados Unidos.
A Óscar le gustan
mucho los dos países.

Los boxeadores dan puñetazos. Óscar puede golpear con la mano izquierda y puede hacerlo con la mano derecha.

Los boxeadores visten
una bata cuando suben
al cuadrilátero *(ring)*.
Además usan guantes
para boxear.

11

A Óscar le gusta ir al gimnasio.

Algunas veces los boxeadores se sientan a descansar en una esquina del cuadrilátero.

Los boxeadores ganan cinturones por sus triunfos. A Óscar le encanta ganar cinturones.

Óscar representó a los Estados Unidos durante los Juegos Olímpicos. Óscar ganó muchas peleas.

19

Óscar ganó una medalla de oro en los Juegos Olímpicos.

A Óscar le encanta boxear. Es un buen boxeador.

Si quieres leer más acerca de Óscar de la Hoya, te recomendamos este libro:

Oscar de la Hoya: A Real-Life Reader Biography
by Valerie Menard & Valene Menard
Mitchell Lane Publishers (1998)

Para aprender más sobre boxeo, visita esta página de Internet:

http://www.boxingonline.com

Glosario

cinturones (los) Premios que obtienen los boxeadores cuando ganan peleas de campeonato.

esquina (la) El lugar en el ring donde se sientan a descansar los boxeadores después de cada asalto.

guantes (los) Lo que usan los boxeadores en las manos para pelear.

medalla de oro Premio que ganas cuando eres el mejor en un deporte en los Juegos Olímpicos.

pelea (la) Combate de dos boxeadores en el ring.

puñetazos (los) Los golpes que dan los boxeadores con los puños.

Índice

B
bata, 10
C
cinturones, 16
cuadrilátero, 10, 14

G
gimnasio, 12
golpes, 8
guantes, 10
J
Juegos Olímpicos, 18, 20

M
medalla de oro, 20
México, 6
P
peleas, 18

Número de palabras: 124

Nota para bibliotecarios, maestros y padres de familia
Si leer es un reto, ¡Reading Power en español es la solución! Reading Power es ideal para lectores hispanoparlantes que buscan un nivel de lectura accesible en su propio idioma. Ilustrados con fotografías, estos libros presentan la información de manera atractiva y utilizan un vocabulario sencillo que tiene en cuenta las diferencias lingüísticas entre los lectores hispanos. Relacionando claramente texto con imágenes, los libros de Reading Power dan al lector todo el control. Ahora los lectores cuentan con el poder para obtener la información y la experiencia que necesitan en un ameno formato completamente ¡en español!

Note to Librarians, Teachers, and Parents
If reading is a challenge, Reading Power is a solution! Reading Power is perfect for readers who want high-interest subject matter at an accessible reading level. These fact-filled, photo-illustrated books are designed for readers who want straightforward vocabulary, engaging topics, and a manageable reading experience. With clear picture/text correspondence, leveled Reading Power books put the reader in charge. Now readers have the power to get the information they want and the skills they need in a user-friendly format.

796.8 jD Bio Spanish
Kirkpatrick, Rob.
Oscar de la Hoya

WITHDRAWN